Scrittori italiani e stranieri

Carlo Fruttero

TI TROVO UN PO' PALLIDA

MONDADORI

Dello stesso autore

Nella collezione Scrittori italiani e stranieri
Donne informate sui fatti

Nella collezione Biblioteca Umoristica
Visibilità zero

Nella collezione Oscar
con Franco Lucentini
A che punto è la notte
L'amante senza fissa dimora
Il cretino in sintesi
La donna della domenica
Enigma in luogo di mare
Il nuovo libro dei nomi di battesimo
Il palio delle contrade morte

www.librimondadori.it

ISBN 88-04-57024-0

I edizione maggio 2007

TI TROVO UN PO' PALLIDA

A Pietro
senz'altro

Io sciagurata ricordo soltanto, ed è già un miracolo, che la barca di questi inglesi tanto carini amici di Fabrizia si chiama *Rasselas II* e perdo quindi una barca un galeone di tempo per trovarla, dopo averne già perso moltissimo a parcheggiare duecentocinquanta chilometri fuori dal porto. Dentro, passata la guardiola, c'è la solita folla invelenita di tutti i porti artificiali, cioè di tutte le cose progettate razionalissimamente ma che poi contro ogni calcolo girano al casino senza nome. Faccio altri chilometri lungo queste banchine che sembrano le corsie di un ospedale durante un'epidemia di peste, e su indicazioni scandinave gesti greci e smaglianti sorrisi spagnoli mi trascino fino al letto 718 dove hanno ricoverato la *Rasselas II*, un affare bianco con due alberi.

Non vedo nessuno, salgo, vado di sotto guidata da un filo di pianoforte, e lì trovo i due carini che ascoltano una musicassetta di Bach o Vivaldi, lei mangiando una mela lui arcuato sopra un sedile come un mazzancollo di cui ha anche il colore. Cadono e ricadono testardamente dalle nuvole, non sanno, non capiscono, alzano le sopracciglia, io già sto per prendere e andarmene furibonda, quando c'è tutta una serie di «oh» per salutare lo Spirito Santo disceso a illuminarli, oh so you are Gea, oh yes, oh sorry, oh well, oh please, e scava scava, dalla miniera salta fuori che loro non sono affatto loro, ma due amici, due ospiti della *Rasselas II*, i cui proprietari (un Jeff, a quanto pare, e una Harriett) sono scesi a terra, sono andati a Port'Ercole a comprare degli, oh, *zucchini* in italiano nel testo.

Ma non dovevano aspettare me, non dovevo portarli tutti quanti a Montepulciano, non era questo che avevano combinato ieri sera con Fabrizia dato che io ho la grossa giardinetta eccetera?

Oh yes, oh no, oh dear, oh God, c'è stato un malinteso, loro avevano creduto che a Montepulciano ci fosse un concerto di Gazzelloni, ma poi hanno saputo che invece Gazzelloni stasera suona a Massa Marittima, e allora hanno telefonato a Fabrizia, ma Fabrizia era uscita, e allora hanno lasciato detto...

Oh merda. Lei mi porge, e io respingo, una miserabile mela, mentre il mazzancollo si informa su Gazzelloni, è lui l'appassionato, il fan, ha tutti i suoi dischi, solo che non ha mai avuto la fortuna di sentirlo dal vivo, l'ha sempre mancato per un pelo, l'anno scorso eccetera, l'anno prima di nuovo eccetera. Io gli spiego che per me è sempre stato difficile mancarlo, sono anni che d'estate, nell'Italia centrale, una non è libera di arrivare in un qualsiasi paesetto, nella più infima basilica, nella più microscopica gelateria all'aperto, senza trovarci, oh, Gazzelloni che suona il suo flauto. Oh yes, oh I see, oh really.

Sbarco dalla *Rasselas II* pensando che se li assassinavo con un'ascia nessuno mi avrebbe mai scoperta, rifaccio le corsie, ritrovo l'auto che è diventata un forno, riparto col mio bel vestitino a strisce fradicio di sudore e col dente che ricomincia a darmi fastidio.

Rallento. Sto per decidere di tornare a casa, al buio, al fresco, con un tè freddo e uno dei settecentodiciotto libri che dovrei leggere.

Ma Fabrizia ha talmente insistito, a Montepulciano fanno il *Tamerlano* di Haydn, che è una delizia barocca, un gioiellino rarissimo non rappresentato da quattrocento anni (ma non ci sarà un bon motif?) e poi viene gente così simpatica, Obo e Malvina da Punta Ala, i Janner da Castiglione, i Berluschi hanno promesso anche loro, da Siena dovrebbe venire Giorgio insieme a due prodigiosi cineasti francesi, e poi naturalmente Ascanio, Gabriele, la Isa, che è tornata ieri dal Sudafrica, i Valdo con uno psicanalista argentino loro amico, l'inevitabile Micheletti, il lugubre marchese Gabbiani che poi dice sempre di essersi tanto divertito...

Vedere tutta questa gente dovrebbe secondo Fabrizia farmi del bene, distrarmi, aiutarmi a superare la mia crisi matrimoniale, perché per lei come per tutti gli egocentrici il tempo non passa mai, continua a trattarmi come due anni fa, quando ci siamo lasciati malamente con Roby, che io continuo a considerare un indicibile verme ma di cui m'importa ormai meno di niente dal punto di vista emotivo eccetera. Ma poi nemmeno, la verità è che le piace organizzare queste cose, una lunga catena di antenati generali le ha trasmesso la passione per concentramenti, dislocazioni, marce di trasferimento, avanzate e ritirate, convergenze e ricognizioni sul difficile terreno di Toscana, Umbria e alto Lazio. Le grandi manovre.

E va bene, il mio reparto ridotto a un unico soldato per la defezione della marina britannica si mette in moto col suo maldidenti verso il punto di adunata generale che sono i ruderi di Roselle, così finalmente li vediamo, secoli che ci ripetiamo bisogna andare a Roselle, coso dice che sono stupendi molto meglio dell'Acropoli, la figlia di cosa ci ha scavato con l'università di Firenze o di Harvard.

A qualche chilometro dal bivio in fondo a una curva in discesa mi trovo in mezzo al solito incidente stradale, freno rimettendoci quasi un tacco, passo con gli occhi chiusi come faccio sempre in questi casi, cioè cerco di concentrarmi sul metro di strada che ho davanti, sulla targa di chi mi precede, sulla paletta del carabiniere che mi segnala di aspettare o di filare. Restringo sottintendo ignoro.

Censuro.

Non che io sia una specialmente impressionabile, passo anzi in genere per una donna "forte". Sarò svenuta tre volte in tutta la mia vita, una volta per essere rimasta trentasei ore senza mangiare sulla maledetta barca (che si chiama *Tease*, odio i nomi di barche) di mio marito, del mio ex marito, insomma di Roby; e un'altra volta per avere eroicamente mangiato un uovo nero cinese a un pranzo in casa di un allevatore di cavalli (odio i nomi di cavalli) nel Baden o in Baviera, non ricordo più. E quanto a piangere la mia media è di un gigantesco strillo annuale, due al massimo. Topi, ragni e serpi non mi procurano altro che un sano raccapriccio e ho assistito senza batter ciglio a non poche strazianti agonie di parenti e di amici. Non so ovviamente come reagirei su uno di quei campi di battaglia dove volano fettine e spezzatini umani, ma posso dire che in presenza di piaghe, escoriazioni, fratture, ascessi e simili, di cui hanno sofferto in varie età i miei figli, non ho mai avuto bisogno di sali o di cognac, che fra l'altro non mi piace.

Non sono dunque eventuali immagini di orrore e di scempio che mi sforzo di filtrare quando vedo un incidente. Del resto questo particolare incidente non sembra avere niente di spettacolare, auto di coinvolti o di curiosi ferme sul ciglio a destra e a sinistra, due della stradale a sbracciarsi con le loro palette, altri inginocchiati sull'asfalto a tirare righe di gesso e a misurare lunghe strisce nere di frenate, una sfavillante infarinatura di vetri rotti, un'ambulanza bianca, nuziale.

Con le code degli occhi dietro le lenti da sole non posso non cogliere due macchine gettate di sghimbescio sulla strada e ridotte a quella consistenza non più metallica ma di cera in liquefazione che hanno gli oggetti in certi quadri surrealisti e che io, già un anno dopo il matrimonio, associavo al carattere colante, marmellatoso di Roby. In fondo è per questo, e non per la sua pur offensiva storia con Ippolita, che mi sono alla fine disappiccicata da lui.

Passo comunque in punta di ruote fra quei non storici ruderi e vedo più avanti la causa probabile di tutto, una pecora che ha tagliato la strada a qualcuno e che ora giace grigia e sanguinolenta sull'asfalto. Per scansarla una giardinetta azzurra è andata a sbattere contro un ulivo, sportelli divelti, muso conciato come un fazzoletto dopo una scenata, fumante fuoruscita di interiora meccaniche. E lì sopra un suggestivo cartellone turistico pubblicitario che esibisce quattro cavalieri in fila su una spiaggia toscana al tramonto, in controluce (stanno andando a un concerto di Gazzelloni?). Dall'altra parte della strada un avido vecchio in tuta sportiva rossa, fermo accanto alla sua bicicletta, memorizza ogni particolare per raccontarlo poi ai nipotini attorno al desco.

Sono in ritardo, accelero, infilo una strada in terra battuta, mi arrampico nella macchia fin dove incontro sbarre cancelli divieti, mi sistemo alla meno peggio dietro la Rolls dei Valdo, il cui autista-gorilla Raffaele non alza la testa dal suo giornalino western, e mi fermo indecisa tra una freccia indicante la salita ai ruderi veri e propri e un'altra verso il giro delle mura ciclopiche, che in questa parte del mondo significa mura etrusche.

A questo punto mi trafigge come un crampo l'idea di aver dimenticato qualcosa. Panico. Di andare all'Elba sulla barca dei Friedel? Di chiudere la porta di casa? O c'è mia madre venuta da Losanna che mi sta aspettando da due ore alla stazione di Orbetello? Panico. Frustrazione e sgomento.

Ascanio mi salva rotolando giù dal sentierino delle mura, neanche mi vede tanto va di fretta, gli grido «ehi!», si volta appena, continua la corsa fino alla sua Range Rover, piglia su una cinepresa, risale sbuffando verso di me.

«Ciao Gea come va non ti avevo vista come va il tuo dente» dice in una sola sequenza.

L'anno scorso a Giannutri, una volta che ero rimasta sola in topless con lui, mi è arrivato addosso come un accertamento fiscale e ho dovuto fulminarlo con uno schizzo di spray solare negli occhi. Da allora tende alla concisione, con me.

«Meglio, grazie. Gli altri ci sono già tutti?»

«Boh.»

Comincia a filmare l'infilata delle mura ciclopiche, per le quali non prova il minimo interesse. Ma è uno di quegli uomini che non credono, letteralmente, ai propri occhi, solo le immagini riprodotte gli sembrano reali. Seguiamo lo stradello che corre sotto i blocchi accatastati, arriviamo a uno stretto passaggio, tre ripidissimi gradini nel tufo, Ascanio sale e si gira come per tendermi la mano, ma io sono già volata su, vedo una collina rotonda e gialla di stoppie e cardi rinsecchiti e tutto l'esercito riunito all'ombra di una quercia enorme. Ne riconosco meno della metà, come al solito si sono aggregate truppe fresche, amici di amici di passaggio, e soltanto da come stanno messi mi vengono i nervi, intuisco che nessuno ha più voglia di salire fino agli scavi. Alcuni siedono con diffidenza sui cardi, altri ciondolano a gruppetti, Carlos, il cameriere dei Berluschi, si aggira con una sacca frigorifera offrendo vino bianco in bicchieri di carta.

A parte i nervi ammetto che devo sempre fare uno sforzo notevole per "entrare" fisicamente in mezzo agli altri, noti o ignoti che siano, il mio analista (se ne avessi uno) direbbe che il mio subconscio (se ne avessi uno) ha il terrore di essere rifiutato, respinto, negato.

Ascanio, o piuttosto la sua cinepresa, attira per fortuna la blanda attenzione generale, e io posso infiltrarmi alla chetichella, passare alle spalle di Susi (che forse si è voltata per non salutarmi, dev'essere ancora offesa per la faccenda del giardiniere), e avvicinarmi a Fabrizia, riferirle la faccenda della royal navy e di Gazzelloni, che devo dire mi sta ancora sullo stomaco. Lei mi sta appena a sentire, risponde con dei distratti ah sì, ma tu pensa, muove la testa in giro come una lucertola, è chiaro che di quegli inglesi tanto carini non le importa assolutamente niente, se fossero qui si farebbe in quattro, sarebbe una pioggia di trilli, moine e oh darling, ma chi non c'è non c'è, per lei non esiste, siamo tutti pedine intercambiabili sulla sua eterna scacchiera mondana.

Resto lì tremendamente seccata, ma sentendomi anche in qualche modo fuori posto, non so, tutta la scena ha qualcosa di inerte, di statico, forse il mio subconscio si aspettava una maggiore vivacità, un'animazione adeguata alla grande corsa che ho fatto.

«Ti trovo un po' pallida, arrivi da Milano?» mi dice severa Malvina, che crede nell'abbronzatura come Hitler credeva nella superiorità della razza ariana.

«No, sono uscita poco, ho un dente che mi dà noia, se continua bisognerà che mi decida a...»

«La povera. Ce la fai a venire da noi dopodomani sera? Abbiamo la solita cosa in piedi per il compleanno di Obo.»

Che sia questa la "cosa" che ho dimenticato? Mi aveva già telefonato, invitato? Non credo, il giro di frase sarebbe stato leggermente diverso, ma come faccio a chiederglielo?

«Dopodomani... fammi pensare... in linea generale sì, volentieri, ma comunque ti confermo, mi pare di avere un mezzo impegno, non so bene. In ogni modo grazie, se riesco a liberarmi vengo di sicuro.»

Sul suo volto color mogano appare un'espressione sospettosa, che la trasforma in una delle sue domestiche filippine di fronte a un piatto di agnolotti.

«T'hanno invitata i Janner?»

Panico. Se le dico che non lo so, è come dirle che non mi frega niente del loro invito, né dunque del suo.

«No» mento, «era una cosa con certi inglesi, ma ne avevamo parlato così, molto sul vago.»

Lei si rasserena, sono già due volte che i Janner le sabotano un party dandone uno anche loro la stessa sera, è gente più pericolosa delle brigate rosse. Adesso però devo trovare i Janner e cercare a ogni costo di capire se mi hanno invitata o no.

«I Janner sono qui?»

«Sì, no, cioè, li ho visti che salivano a visitare le rovine, io non me la sono sentita, fa troppo caldo, ho una sete da impazzire.»

Il suo bicchiere di carta è vuoto e lei va a farselo riempire da Carlos, cinque passi più in là.

«Kommt herunter!» grida Fabrizia con la sua voce generalesca. «Kommt sofort herunter!»

Dei bambini biondissimi tentano invano di arrampicarsi sulla quercia, sono i figli di qualcuno, diomio li avremo tra i piedi tutta la giornata, avranno fame, sete, sonno, rifame, risete, pipì, nausea, fino alle tre di notte, ancora ti vengono i brividi pensando ai tuoi e a quell'età, per fortuna poi crescono e passano l'estate in Inghilterra, o col padre in Sardegna, in Jugoslavia, e tu ti consumi lo stesso perché vorresti in realtà sapere se hanno fame, sete, freddo, caldo, sonno, fino alle tre di notte.

Carlos finge di non vedermi per risparmiarsi i cinque passi di cardi che lo separano da me, ma comunque io non ho sete e poi devo trovare i Janner e guardare i ruderi già che ci sono. Annuncio che allora io vado su, nessuno mi segue tranne il lugubre marchese.

«Ventimila!» rivela Isa sollevandosi dal petto una desolante collana di cotoni intrecciati. «E se contrattavo me la lasciava a diciotto.»

Segue un coro ipocrita di mannò, non è possibile, non ci credo, ma io ci vado domani, ma è praticamente regalata, e io provo una rapida, folgorante sensazione di non so bene che cosa, noia, ostilità, fastidio? No, forse "diversità", sebbene io stessa sia stata protagonista mille volte di simili scene.

Saliamo in silenzio perché Gabbiani si è dedicato al mutismo come altri si dedica alla raccolta di francobolli o monete antiche. Dicono che da giovane sia stato bellissimo e brillantissimo, ma ora è tutto pelle, ingobbito e calvo, e porta dei camiciotti a quadri chiaramente smessi dal suo fattore. L'avarizia gli trapela perfino dai baffetti, che hanno peli radi, contati uno per uno.

Dopo un po' lo lascio indietro senza pietà, mi sento fresca e leggera in confronto a lui, solo mi spiace di aver stupidamente dimenticato gli occhiali da sole in macchina, la luce è molto forte, mi irrita, ma in compenso non sento più il dente, speriamo che duri.

Mi affaccio finalmente sul plateau dove sorgeva la città prima etrusca e poi romana, e a questo punto le stupende rovine mi vengono rovinate dalla scoperta che non ho più il mio braccialetto early victorian di smalto e argento.

Pugnalata al cuore. Ferro rovente.

Saltata la chiusura (sapevi che stava cedendo, ma hai sempre rimandato di farla aggiustare), è scivolato giù, è caduto chissà dove.

Rabbia spaventosa.

Cosa fai in un caso simile, obblighi il povero marchese a tornare indietro e a cercarlo passo passo nelle stoppie? E poi quegli altri cretini a cercarlo sotto la quercia? E poi quel bestione di Ascanio a cercarlo sotto le mura ciclopiche? Quella stronza di Fabrizia lo farebbe, mobiliterebbe anche i carabinieri, la stradale, ma tu no, tu sei troppo educata, troppo gentile, troppo remissiva, tu respiri profondamente, inghiotti, t'incammini malgrado tutto tra gli scavi, le trincee con l'*opus reticulatum,* i superstiti frammenti di mosaico, i resti di colonne e di condotte sotterranee, le porte suggerite, i patetici corridoi dove duemila anni fa una donna come te può aver lasciato cadere un braccialetto mal chiuso (a parte che le schiave glielo avrebbero subito ritrovato).

Da una sconnessa strada romana che s'inerpica a sinistra scende Giorgio preceduto dalla sua pancetta, seguito dai suoi cineasti francesi, due esili biondi sui venticinque, forniti di sandali minimi e piedi affusolati. Si fa schermo con la mano, mi saluta, mi presenta i due (sono in realtà tedeschi, ma parlano bene il francese), mi chiede cosa diavolo mi succede, mi trova strana, pallida, smunta. Glielo dico, e in francese sembra già meno tragico.

C'est agaçant, dicono loro rabbrividendo di simpatia. Ma dove può essere successo? Anche in camera da letto, anche sulle scale di casa, o magari mentre guidavo, mi viene in mente. Voilà. Voilà. Uno dei cineasti cita un episodio simile che gli è capitato col suo orologio, poi miracolosamente ritrovato dentro una scarpa.

Ti allontani lievemente agaçata da questa lieve solidarietà, ma cosa pretendevi, che si mettessero a singhiozzare sulle tue sventure? Rimpiangi non solo il braccialetto e gli occhiali neri, ma anche il cappello di paglia che devi aver stupidamente lasciato sul sedile posteriore, la luce quassù è abbagliante, il caldo vela di ambiguità tutta la pianura maremmana fino all'orizzonte. Ti consoli dicendoti che tu però, freddolosa come sei, non lo senti quasi, e se traballi un poco sulle antiche pietre è solo per via del tacco mezzo staccato da quella frenata. Ma per ora tiene.

«Gli etruschi costruivano sempre in alto» dice dal basso la voce dell'inevitabile Micheletti, così chiamato sia perché è impossibile evitarlo dovunque tu vada, sia perché non risulta abbia mai detto una sola frase che non si potesse prevedere, è come il servizio telefonico ora esatta, sono le undici e sette minuti, sono le undici e otto minuti, sono le undici e nove minuti.

Ti affacci a una ringhiera e lo vedi uno o due livelli archeologici più sotto, è insieme a Gabriele e a una sensazionale mulatta alta un metro e ottantacinque.

Va bene, ne hai viste tante, Gabriele ne cambia una al mese, nessuno ha mai capito dove le vada a pescare (qualcuno sostiene che gliele procura un'agenzia parigina di public relations e che lui non ci fa niente, le tiene unicamente per figura), ma è lo stesso un duro colpo per una donna di trentasette anni, alta uno e sessantacinque (uno e sessantatré, non barare), e che non ha mai avuto niente di felino tranne un debole per lo steak tartare. Molto più probabilmente Gabriele è un misogino che si porta al guinzaglio queste pantere al solo scopo di umiliare tutte noialtre, povere cellulitiche con capillari affioranti alle caviglie.

E quando la vedi incedere nel suo camicione di seta verde ramarro su uno sfondo di mura ciclopiche, hai voglia di dirti che ragazze simili fanno una vita durissima, che di solito finiscono tragicamente, drogate sparate alcolizzate, e che in ogni caso il tempo, il polveroso tempo di Roselle, macinerà anche loro, le rughe e le pieghe arriveranno inesorabili. Hai voglia.

Ti conviene lasciar perdere, ritirarti poco felinamente insieme a un gruppo di turisti olandesi (clic clic clic), e poi in coda a un gruppo di turisti svedesi (clic clic clic clic clic) salire anche tu ai ruderi del circo, un piccolo, commovente ovale, un minicolosseo sormontato da lecci e ulivi dove si entra da quattro gallerie ancora intatte a *opus incertum*. Ne fai lentamente il giro completo, ti siedi in uno spicchio d'ombra, mediti, come l'inevitabile Micheletti, su gladiatori e cristiani e leoni e a poco a poco l'ovatta dei secoli assorbe la tua ridicola invidia per la pantera, la tua disperazione per il braccialetto, la tua generale irritazione per questo giorno un po' storto.

Pace e silenzio.

Hai dimenticato qualcosa, qualcuno ti doveva dare una importante conferma stamattina, o dovevi assolutamente restituire uno scialle prestato, o avevi promesso di essere a un bridge stasera, in casa di chi?

Non importa, Gea se ne frega.

Una pecora solitaria la fissa da un monticello di sassi etruschi o romani e Gea ricorda (ecco, era questo?) una strettissima strada nel brullo nord della Scozia e un agnellino nero che belava accanto alla carcassa della madre schiacciata da un'auto, e ricorda di aver pensato, allora (tre anni fa, cinque?), la vita è una cosa assolutamente atroce, assolutamente intollerabile.

Chissà se adesso coi calcolatori elettronici si riuscirebbe a stabilire quanto dolore, quanta pena c'è in un giorno nel mondo?

Tanto per un pesce preso all'amo, tanto per un addio all'aeroporto di Los Angeles, tanto per un tumore al seno, tanto per un piatto rotto, le minime cose, una bruciatura, una bomba in un cinema, una partita di basket perduta in un villaggio boemo. Forse l'hanno già fatto e tengono segreti i risultati.

Lo sanno il presidente americano, il politburo, il Papa, l'amante del caporedattore dello "Spiegel", un professore miope che lavora la terra in un kibbutz. Non parleranno, non lo riveleranno mai, ma molti sospettano, indagano, ci sono stati strani delitti, rapimenti inesplicabili, azioni terroristiche apparentemente senza senso, e in certi ambienti si sussurra, si scherza perfino su questa tremenda estrapolazione, su questo computer della sofferenza universale.

Irrompe nel circo Giovannino Valdo, peloso, muscoloso e butterato come non sono le guardie del corpo incaricate di proteggerlo dai sequestri, e ha tutta l'aria di un marito geloso che sta cercando la moglie.

Così è, infatti, e si dice che i gorilla li tenga soprattutto per sorvegliare lei, scegliendo allo scopo ex carabinieri oltre la cinquantina, con gli occhiali e il fiatone, per non correre rischi almeno da quella parte.

Scruta trucemente nella mia direzione mettendosi la mano a visiera, e alla fine mi riconosce a malincuore (gli sarebbe piaciuto trovarci Beba, in meditazione solitaria), si avvicina risoluto.

«Hai visto Beba?»

«No.»

I suoi occhietti intelligenti valutano il mio tasso di ipocrisia.

«Sei pallida, non ti senti bene?»

Pallore = menzogna.

«No, sono solo un po' stanca, ho avuto una mattinata difficile.»

«Ah.»

Stanchezza = adulterio consumato.

«Senti, se la vedi dille che mi hai visto, dobbiamo tornare tutti giù, si va via.»

Infila al galoppo un altro dei sottopassaggi romani, sperando e temendo di sorprendere Beba in un amplesso a *opus pornographicum*.

Dall'opposto tunnel sbuca nell'arena Ascanio, non più in veste di fotografo ma di pastore, Fabrizia deve averlo spedito su a radunare le pecore, e dopo vari richiami e sbracciamenti e segnali tutti via via ci accodiamo voltando ogni tanto indietro la testa con la sensazione, appena un alito sulla pelle, di aver trascurato una cosa di vitale importanza, di non aver saputo vedere l'essenziale, tutte le rovine producono questo effetto.

«Gli etruschi» osserva Micheletti, «avevano il senso della morte.»

Ma anche della scopata, ribatte Ascanio citando con gusto gli affreschi di certe tombe, certe bizzarre posizioni. Ah, ma la scopata etrusca aveva tutto un altro significato, era altamente religiosa, squisitamente sacra.

«Con una religione così» dice Ascanio regolando lo sguardo sul serico sedere della mulatta, «andrei a messa tutte le mattine alle sei.»

Il marchese e Gabriele ridacchiano.

Resto indietro per non ascoltare le inevitabili digressioni su erotismo, pornografia, sesso, morale, femminismo eccetera, cui io stessa ho non di rado partecipato con focose futilità. Alle mie spalle scendono Giorgio e i suoi cineasti parlando del Palio di Siena, dove la corruzione delle contrade rivali è ammessa, fa parte del gioco, e alla partenza si vedono i fantini appartarsi caracollando, complottare a secchi gesti ritualizzati, scambiarsi offerte di milioni, promesse di alleanze in corsa. Ma dato che tutti corrompono tutti, conclude Giorgio, alla fine è lo stesso, ça revient au même.

I due cineasti ammirano la cinica sagesse toscana. C'est curieux, osserva uno, che anche il taoismo esprima un concetto analogo, considerando illusorio ogni vantaggio sugli altri e stupida ogni démarche intrapresa per procurarselo, c'est curieux che due civiltà così lontane, per strade così diverse...

L'invidia mortale che mi hanno sempre fatto le persone capaci di buttar lì questi discorsi, questi accostamenti sottili, di saltellare con grazia da capinere sul prato della cultura. Goffa, mi sono sempre sentita. Goffa e beninteso ignorante, a parte che se pure avessi letto intere biblioteche, visto tutti i film, i monumenti, i musei e le tragedie in cinque atti, non mi servirebbe lo stesso a niente, con la memoria che ho.

Haendel! Non di Haydn, di Haendel! Il *Tamerlano*, voglio dire. Ecco la cosa che mi tormenta da un'ora, ecco perché il mio subconscio si dava tanto da fare. Lo accarezzo riconoscente sulla testa, scendo rapida e orgogliosa come acqua fresca filtrando tra frotte che salgono accaldate, il sentiero è in gran parte all'ombra, incassato nel tufo, ma qui d'estate non piove mai, l'afa di oggi si sovrappone a quella di ieri in una stratificazione quasi visibile.

Caliamo sulla piccola radura dove ci sono alla rinfusa le macchine, e io non vedo più la mia.

Ecco, no, era questo. Avevo dimenticato le chiavi nel cruscotto e me l'hanno rubata. Era questa la cosa.

Disperazione, mentre tutti gli altri si gridano caoticamente allora tu vai con loro, io vado con lui, noi andiamo con lei, voi venite con me, ah, ma loro non andavano con te?

La Rolls è già andata, e ritrovando un minimo di lucidità deduco che cosa potrebbe essere successo: Raffaele, bloccato dalla mia giardinetta, l'avrà spostata da qualche parte. M'infilo nel polverone delle marce indietro, evito ruote, paraurti, parafanghi, fanali, lampeggiatori, sfioro mani sporte verso di me dai finestrini, non ascolto cosa mi dicono, non mi preoccupo di quel che farò se non ritrovo l'auto.

Trovo appoggiata a un'alta ginestra una bicicletta da corsa, il sellino appuntito come una talpa, il manubrio pronto a caricare come un ariete, e dalla macchia sbuca un vecchio in atto di aggiustarsi i pantaloni della tuta, che spalanca gli occhi sbalordito. Ci fissiamo per un istante, ha gli occhi celeste, i capelli corti e candidi, la faccia cotta dal sole, e sono talmente fuori di me che sto per chiedergli senta scusi non ha mica visto la mia macchina, che ne sa lui, ha pedalato fin qui per dimagrire, per sudare, per occuparsi, forse è un ex corridore, un ex campione del pedale eccetera.

Giro di qua e di là come una cieca senza cane.

Quando sono ormai sul punto di rinunciare a tutto, di lasciare la presa, di accucciarmi rassegnata sulle ortiche, mi appare la mia vecchia e mai lavata giardinetta, era praticamente sotto il mio naso, cioè sotto un ulivo di quelli che il Micheletti non esita mai a definire "sculture naturali".

Ci salto dentro rantolante, la chiave c'è.

Esplosivo sospiro di sollievo, seguito da nevrotica risatina.

Dopodiché chiudi seriamente gli occhi e cominci a dirti che oggi qualcosa proprio non va, sei troppo agitata, troppo irritabile, stai prendendo di punta una serie di normali contrattempi.

Ragionare. Ricostruire.

Per prima cosa, controllare se il braccialetto non sia davvero finito sotto il tappetino o fra i due sedili.

No, niente.

Poi mettersi gli occhiali da sole, lasciati qui col cappello.

Ma non ci sono né l'uno né gli altri, questo è sicuramente un furto, il finestrino aperto è un invito per la vespa e il ladro occasionale, pazienza, colpa tua, anche se quel coglione fannullone di Raffaele poteva dare un'occhiata, cosa gli costava.

Datti allora almeno un'occhiata nello specchietto retrovisore, devi essere in uno stato, ma le mani ti tremano ancora, non riesci a metterlo nella posizione giusta, l'angolazione è sempre sbagliata, e allora scivoli sul sedile accanto, tiri giù lo schermo parasole che ha un altro specchio incorporato sul rovescio, e in quel momento vedi con la coda dell'occhio un fantasma seduto al volante.

No, dico, c'è un limite.

Urlo. Sia pure in perfetto silenzio, urlo.

Vedo le costellazioni sgretolarsi, gli atomi smettere di fare quel che dovrebbero fare, tutta la faccenda (la cosa?) non tiene più, non sta più insieme, ho dimenticato di cercare i Janner, di salutare Obo, di passare a prendere quegli inglesi, di mettere il gelato di cocco in frigorifero, di far scendere i bambini dalla quercia, di raggiungere gli altri a Pienza in una trattoria dove con niente si mangiano cose meravigliose, da Guccio che ci aspetta tutti nella sua fattoria in val di Chiana, da Margaret che ci aspetta tutti nella sua torre antisaracena, antifiorentina, vicino a Volterra.

La vita è naturalmente inesatta, ma qui ci sono troppi vuoti, troppe approssimazioni, troppi frammenti sparsi, il caos, il casino senza nome.

Raggomitolata accanto allo spettro, urlo.

Lui gira tranquillo la chiavetta e il motore parte tranquillo.

La crisi finisce.

«But this is my car!»

E mentre lo grido capisco che non è affatto la mia macchina, ma un'altra dello stesso modello e colore azzurro, e un istante dopo capisco perché ho parlato in inglese, lo spettro è uno dei due cineasti di Giorgio, va be', dovevo dirglielo in tedesco o in francese ma insomma non c'è male per una ridotta come sei.

È successo allora che la tua giardinetta dava noia, e chi l'ha spostata ha poi preso su altra gente lasciando a questo qui l'incarico di raccattare te. Tutto normale, tutto semplice, tutto in ordine, e tu adesso ridi (in perfetto silenzio) del tuo errore dovuto in gran parte al fatto che questo ragazzo è vestito come te interamente di bianco sbuffante e trasparente e ha qualcosa di languido, di etereo, essendo un amico di Giorgio, natürlich. Guida in perfetto silenzio con una mano sola e un solitario sorriso, e così ti risparmia di fare conversazione, a questo punto non potresti parlare nemmeno in italiano tanto sei ancora scossa e vergognosa.

Chilometri e chilometri di ulivi, di cielo nichelato, di cipressi allineati sugli orli delle colline, e tu finalmente ti abbandoni all'indietro, lasci pian piano scolare da te le innumerevoli imprecisioni del mondo.

Manca sempre qualcosa, niente mai sembra andare come dovrebbe, ma sai cosa ti dico mon cher, mein Lieber, Gea se ne frega, Gea si distacca, Gea anzi comincia perfino a divertirsi, il vecchio senso dell'umorismo ancora funziona, stiamo un po' a vedere come gira questa trottola di giornata totalmente pazzesca, totalmente ordinaria, che le è capitata tra le gambe rese evanescenti dalla rada stoffa di cotone indiano.

L'aria che entra dal finestrino è torrida e benvenuta, mai troppo calda per me, anche se non vorrei essere sopra la collina ocra laggiù, quei tre, no quattro cavalieri in fila indiana devono poveretti crepare, queste gite ippiche finiscono regolarmente così, si giura di partire all'alba e rientrare per le dieci e invece tra ritardi e sentieri sbagliati ti ritrovi sotto il sole più massacrante e a stomaco vuoto a popolare sfondi di affreschi semicancellati, Bartolomeo di Tomaso, Lorentino d'Arezzo, Deodato di Bicci, Baccio da Settignano, è un mistero come faccia Giorgio a ricordare e a distinguere questi pittori, tu ignorante arrivi massimo massimo a Raffaello, a Botticelli.

Un rallentamento. Un bivio. Un secondo rallentamento. Un secondo bivio con bar-gelati-tabacchi. Le frecce suggeriscono altri patronimici di artisti scrostati e chiazzati d'umido, Arcidosso, Buonconvento, Poggiolungo, Montalcino, San Quirico d'Orcia.

È lì, ora ricordo, è lì che si va, lì c'è la rinomata trattoria col pergolato che domina qualche grandiosa vallata.

La Rolls domina la piazzetta della trattoria, ma tra le macchine del seguito non vedo la mia, l'avranno parcheggiata in una delle adiacenti pittoresche viuzze medioevali. Il bel taciturno si ferma, mi fa scendere, va a cercarsi un posto, io attraverso un vespaio di camerieri straniti e mi affaccio sulla ubertosa terrazza completamente gremita di masticatori.

Ippolita mi fissa dall'alto del suo lungo collo nudo.

Per un attimo tutto muore, l'acciottolio si spegne, bicchieri e posate restano sospesi a mezz'aria, acqua e vino cessano di sgorgare dalle bottiglie.

Un attimo. Lei non accenna a un saluto e tu nemmeno.

Un attimo, e poi le fitte tavolate riprendono a produrre risate e vociferazioni e tu scopri con inaspettata malinconia che non te ne importa più niente, la cicatrice è definitivamente chiusa, l'imperdonabile tradimento (imperdonabile perché così banale, così... burocratico) di tuo marito con la tua migliore amica ti appare più lontano di quel campanile appena accennato fra due poggi.

Non c'è una sedia libera, nessuno ha pensato a tenertela, e tutti sono talmente impegnati a scambiarsi assaggi di prosciutto di cinghiale e di acqua cotta, opinioni sui crostini, informazioni sul coniglio alle olive e i tortelli di magro, a cambiare idea, a passarsi il sale e il pane, a decidere di rompere per questa volta la dieta, a pentirsi di non aver scelto le penne alla ricotta, tutti prendono così sul serio le loro faccende fisiologiche che non un braccio si leva a farti segno, non un sedere a farti posto, e se non fosse che non hai nessunissima fame la cosa sarebbe francamente rude, francamente cafona.

«Il cacio di Pienza» dice Micheletti mentre giri la schiena ai divoratori, «è il migliore di tutta la Toscana.»

Al vetro della porta è attaccato un manifesto che annuncia un concerto di Gazzelloni, sopra il quale distingui un volto effettivamente sbiadito, effettivamente un po' patitino, bastano tre giorni per far sparire il colore, questione di pelle, menomale che questo dente se ne sta buono buono.

Pienza è però anche un gioiello tardobarocco, early victorian, goticoetrusco, una città fatta erigere da Enea Silvio Piccolomini, umanista, romanziere, cineasta, papa, per la quale ti aggiri ammirando facciate e ombrosi, solenni cortili dove sostano utilitarie e bande di turisti barbarici, clic clic clic. Feroci animali di pietra si avvinghiano da secoli davanti alla porta della cattedrale, basilica, collegiata, e sui gradini salgono e scendono bambini biondissimi. Avranno bevuto? Mangiato?

«Kommt herunter!» grida una au pair germanica. «Kommt sofort herunter!»

Seduta su un banco nell'interno chiaro e spoglio (c'è solo un trittico di Pietro di Sano, Fredi di Bartolo, Andreuccio di Lapo) Gea ricorda una au pair gaelica, del nord della Scozia, una ragazza alta un metro e ottantacinque, gigantesca, un vero armadio di pigrizia, inefficienza e lacrimoso isterismo, Fiona, si chiamava Fiona, e una volta che come al solito usciva dopo ore e ore dal bagno tutta agghindata e sorridente al suo giorno libero, Gea ricorda di aver pensato (una rivelazione, una abbacinante intuizione, ma di che cosa?) ecco, per Fiona, per la povera, pesante, pustolosa, ridicola Fiona non c'è niente al mondo che sia più importante di Fiona stessa, è incredibile, è fantastico.

Nella navata di sinistra giace in un'armatura di marmo Enrico di Nassau, morto di peste a San Quirico d'Orcia mentre tornava da Roma. Letto 718, oh Gott.

Poi ecco gli altri, pieni di calorie, succhi gastrici, frammenti di coniglio tra i denti, voci decuplicate dagli archi e dalle volte.

«Il faut absolument voir San Galgano.»

«Sant'Antimo è la più bella chiesa di tutta la Toscana.»

«Vous connaissez Vézelay?»

«Non dirmi che non sei mai stata a Monte Oliveto?»

La bellezza, la perfezione, il capolavoro assoluto sono sempre altrove, a qualche chilometro, dopo quel bivio, in fondo a quella curva in discesa.

Guccio guarda intensamente verso di me dall'altar maggiore, esita, viene, si ferma di nuovo perplesso, poi non risparmia sul sorriso.

«Sei proprio tu.»

«Così pare.»

Si china grigio a baciarmi soavemente la mano, si siede nel mio banco.

«Non ti riconoscevo, ti sei lasciata crescere i capelli.»

Me li sfiora.

«Già.»

«Sei sempre stupenda, questo mauve è di una dolcezza...»

Solleva tra indice e pollice un lembo della mia manica mentre io alzo le spalle.

«L'ho preso da uno di quei marocchini.»

«Una vera carezza.»

Mi accarezza il braccio. Nessuna sensazione.

Subito dopo la grande rottura con Roby abbiamo passato insieme una settimana a Londra, ma Guccio è un uomo che dice sempre tutte le cose che una donna sogna di sentirsi dire, e di cui in fondo si vergogna. Al quarto giorno s'era già stabilita fra noi una completa irrealtà, mi sembrava di andare a letto col diario che tenevo a quattordici anni.

«Non sapevo che c'eri anche tu, non ti ho vista con gli altri.»

«Sono arrivata tardi, c'è stato tutto un pasticcio, e poi non avevo fame.»

«Ti trovo molto così... molto enigmatica, molto conturbante.»

Non è che faccia dei complimenti, dice la verità, è sempre sincero, sempre in buona fede, è questa in fondo la noia. Ma, come allora, è riposante lasciarsi andare, adagiarsi su questo soffice cuscino di sollecitudine, uscire con lui nella luce che si è nel frattempo ammorbidita, cedere alle sue belle mani il compito di chiarire e sistemare la complicazione della macchina, camminare fino alla sua tra muri di miele, farsi aprire lo sportello, sedersi in un odore di cuoio e tabacco.

Sul sedile posteriore c'è già Klaus Janner che fuma un sigaro e che si è installato qui per caso o per chissà quale rimescolamento tattico di Fabrizia. Dovevi dirgli una cosa, ma non ha importanza. Ti accorgi che per tutto il giorno non hai fumato una sola sigaretta, ma non ne hai voglia neanche adesso. Noti con la coda dell'occhio Malvina che sale su un'auto guidata da Ippolita, Giorgio che passa dall'auto dei Berluschi alla

Rolls dei Valdo, Micheletti che rincorre la Range Rover di Ascanio, e poi sei di nuovo tra colline e riquadri bruni o dorati, tra cipressi, ulivi, siepi di oleandri.

Un bivio con una casa colonica abbandonata, il cortile pieno di erbacce. Un altro bivio, con un cimitero di automobili, ferraglia che sembra di cera in liquefazione come nei quadri di qualcuno. Hai già pensato questo pensiero, hai già guardato il vecchio in tuta fermo accanto alla sua bicicletta da corsa, hai già visto quelle pecore sparse tra le ginestre, hai già sentito Klaus e Guccio discutere di comunismo.

«Io non ti capisco, io non so come puoi essere tu comunista.»

«Ah, ma in Italia il comunismo...»

«Comunismo simile dappertutto, in Russia, in Germania comunista, in Cuba, in Bulgaria. Prima grandi promesse, grandi piani, no? Dopo piano non funziona, allora lui cerca traditori, no?, cerca nemici del popolo, viene da Guccio, Guccio zak...»

Col sigaro, fa il gesto di tagliarsi la gola.

Guccio ride, anche verso il comunismo ha un atteggiamento premuroso, galante, lo inviterebbe a cena nella sua villa col famoso giardino arabo, e gli direbbe sei bello, sei forte, sei intelligente, sei giusto, quel rosso ti sta stupendamente, quel tuo piano è di uno chic.

«Il punto fondamentale è che in Italia ci sono ancora troppi poveri, troppe differenze di...»

«Dove sono kvesti poveri? Io vado in ristorante, sempre pieno, spiagge piene, belli negozi pieni sempre, tutta gente vestita benissimo, mio giardiniere ha due automobili, no?, io non trovo muratore per piccolo lavoro, niente, non interessa a lui, lui troppo ricco, tu mi spieghi kvesto, no?, dove sono kvesti poveri, in museo?»

Le vacanze italiane di Klaus secernono indignazione, l'amaro sospetto che tutto il lavoro suo e dei suoi concittadini tedeschi venga scremato come panna da noi, astute cicale d'Europa. Guccio ride affettuoso, parla di emigranti, di terre abbandonate, di fabbriche chiuse, Klaus fuma sarcastico, parla di scioperi, assenteismo, tasse.

Discorsi immutabili come il paesaggio. Il sole declina, lunghe frange d'acqua ruotano meccanicamente innaffiando campi coltivati, monti azzurri limitano da ogni parte l'orizzonte, condiscendendo via via ad abbassarsi fino alle terrose mammelle in cui gli etruschi scavavano le loro necropoli. Sempre in alto.

Tutto sembra essere già stato detto, pensato, visto, quei quattro cavalieri che avanzano laggiù, netti contro il cielo, sono forse gli stessi di prima, hanno attraversato secoli di Toscana per venire a vedere il *Tamerlano* di Haendel.

Sotto Montepulciano c'è una sosta generale, un convulso dibattito a colpi di clacson per decidere se si debba o non si debba visitare anche la chiesa di San Biagio già che ci siamo, gioiello dell'architettura rinascimentale, opera del Poliziano, del Sangallo, del Sodoma, del Micheletti. Ma poi no, è troppo tardi, meglio andarsi a occupare dei biglietti e vedere un po' dove si potrebbe mangiare (di nuovo!) dopo il teatro.

Scendo con Klaus mentre Guccio va a cercarsi un parcheggio (di nuovo!), e comincio a risalire la nobile strada verso la parte alta della città, dove ci sono la cattedrale e la piazza per gli spettacoli musicali all'aperto. Tra i palazzi per metà accesi come albicocche mature, per metà spenti come grate di cenere si muove avanti e indietro la folla leggermente eccitata dei festival, in lungo, in corto, in pantaloni, in camicia, con e senza gioielli, con e senza scialle, mantiglia, poncho, golfino. Vecchie sdentate e pallidi bottegai assistono alla sfilata, motorette laceranti serpeggiano tra gl'invasori.

Anche tu, ti dice una vetrina piena di forme di cacio (il migliore di tutta la Toscana), anche tu sei decisamente pallida, scolorita, non mangi dal medioevo e questa giornata di emozioni e trasbordi ti si comincia a leggere in faccia, fra l'altro questo mauve che poi è praticamente viola non ti aiuta per niente, è un colore che ti dona solo quando sei al massimo della forma, la seccatura è che hai lasciato la borsetta sull'auto di Guccio, o forse addirittura su quell'altra del cineasta, è dal rinascimento che non fumi e non ti ritocchi le labbra e diosà se ne avrebbero bisogno, a questo punto.

Pazienza, non importa, Gea cammina senza sforzo, passo passo vede la linea del sole lasciar cadere la più alta fila di finestre, sostare brevemente sui tetti dell'interminabile strada, sparire. La piazza della cattedrale è già tutta in ombra e Gea rabbrividisce. Su gradinate di legno montate attorno al palcoscenico all'aperto, dei bambini biondissimi saltano su e giù ininterrottamente. Non cadranno, non si faranno male?

«Oh, hello!»

Gea impietrisce, il giorno, il mondo sembra ribaltare su se stesso in una cosmica pedalata all'indietro.

Oh you, oh yes, oh well, oh dear!

Sì, sono loro, gl'inglesi di stamattina, più gli altri due degli zucchini, è l'equipaggio della *Rasselas II* al completo, e Gea si sente venir meno, annaspa, batte i denti, un dubbio mostruoso, un sospetto glaciale si ramifica nelle sue vene.

Cos'hai fatto, cos'hai capito, cos'hai dimenticato, cosa è successo?

Fabrizia arriva energicamente.

«Gea, ma dov'eri finita, è tutto il giorno che sparisci, ci sei, non ci sei, ma cosa fai, cosa ti succede?»

Un errore, una svista, una distorsione fatale sta per venire alla luce, una verità troppo a lungo soppressa sta per esplodere, per cambiare tutto il senso di queste ore raffazzonate, fluide.

«Gazzelloni» balbetta Gea.

Oh yes, oh indeed, oh my goodness, oh noooo!

È così. Gl'inglesi hanno scoperto per caso all'ultimo momento che stasera Gazzelloni suona nella piazza di Montepulciano, non in quella di Massa Marittima, ci dev'essere stato un equivoco, un cambiamento di programma, una confusione di date, un disguido organizzativo. Ma il *Tamerlano* dove diavolo lo fanno, allora? Il *Tamerlano*, spiegano superiori gl'inglesi, lo fanno tra i ruderi di un convento a Batignano, a due passi dai ruderi di Roselle.

No, ma non si può, non esiste, non è possibile, ça n'existe pas.

Soltanto ora a tutti sembra di averlo saputo, pensato, letto sulle locandine gialle sparse in ogni paese lungo il viaggio, a ogni bivio, tant'è vero che io mi sono detta, io ho detto a Beba, io mi chiedevo con Ascanio...

«Siamo in Italia» osserva Micheletti con un filosofico sorriso.

L'Italia dei capolavori assoluti e degli assoluti casini.

Fabrizia è terrea come l'ammiraglio sconfitto da Nelson a Trafalgar, ma si riprende, consulta indomita il cielo, l'orologio, non tutto è perduto, Haendel expects that every man will do his duty, avanti, avanti, si può ancora arrivare in tempo, presto, muoviamoci, torniamo di corsa alle macchine, saltiamoci dentro alla rinfusa, schiacciamo l'acceleratore, la notte non è ancora scesa, Tamerlano ancora cavalca su lontane spiagge viola.

Guccio e la sua compagnia di ventura si ritirano verso i loro territori, Ippolita e il suo gruppo resteranno per Gazzelloni, si forma una ragnatela di saluti, inviti, promesse di rivedersi che Fabrizia strappa risoluta, avanti, avanti, giù per la discesa, kommt sofort herunter.

Dal suo posto d'angolo nell'auto (di chi?) Gea vede la prima stella, i primi fari sbucare dalle curve e controcurve della strada, e ha una contrazione di allarme, uno spillo incandescente che trapassa la sua stanchezza e smemoratezza, qui qualcuno sta andando troppo forte, qui si può perdere il controllo, sbandare, ammazzarsi contro la scultura di un ulivo. Ma te ne curi e non te ne curi, ci sei e non ci sei, qualcosa si dirada, qualcosa si sta scaricando, nessuno apre bocca nell'auto rombante e stridente, tutti devono avere come te una gran voglia di andarsene a dormire, lasciar perdere, abbandonare.

Gea si rannicchia infreddolita, si consola pensando che almeno però non c'è più quel tormento del sole.

Curve, bivi, frecce fosforescenti, processioni di rossi lumini nei rettilinei, numeri che decrescono sui cartelli indicatori, Batignano è vicina, Batignano è quel gruppo di luci sulla collina, il gran re tartaro o etrusco sta smontando da cavallo, si avvia per i corridoi del suo nero palazzo.

Giusti giusti.

Tutti si precipitano fuori dalle macchine come formiche spruzzate via, ingorgano il chiostro in rovina dell'antico convento mentre già si levano i primi accordi di violoncelli e viole, di là, no di qua, no là in fondo al porticato, presto, presto, sta cominciando!

Due ragazze scarmigliate dietro un tavolino ti lasciano passare, Fabrizia deve aver preso i biglietti per tutti, e dopo una porta, un corridoio, una saletta, un'altra porta, ecco infine le file di sediacce tra due muri decrepiti, il soffitto stellato, l'impalcatura di tubi e pedane addossata al convento e illuminata da potenti lampade.

Una piccola orchestra di giovani donne vestite come te di chiffon nero accompagna il canto di una fanciulla e di un vecchio in catene. Chi sono? Che succede? Accendini e fiammiferi tentano d'illuminare i programmi in tre lingue, bisbigli esplicativi corrono da Giorgio a Malvina a Obo a Beba a Berluschi.

Nessuno ti spiega niente, nessuno si volta verso di te che te ne stai tutta sola nella fila dietro, ma il tuo interesse s'è comunque diradato, scaricato, non t'importa di sapere quest'altra storia, quest'altro intreccio, quest'altra combinazione di sentimenti e destini, ogni enigma ne vale un altro, ça revient au même.

Fa decisamente freddo.

Un'acutissima voce in falsetto cade dal cielo.

Tutti alzano la testa.

In vetta a una torre di tubi tenuti insieme da grossi bulloni è apparso Tamerlano, magnifico, terribile nel vasto manto regale di damasco, elmo a lunghe corna ricurve, lunghi baffi spioventi.

La voce in falsetto è sua.

«No ma che roba sarebbe!» esplode Berluschi. «Ma quella lì è una donna!»

«Ssssst!»

«Ma ci pigliano per il culo, ma siamo matti a

dargli a una donna la parte di un uomo! Io faccio trecento chilometri e questi qua non hanno neanche un basso, un baritono! Ma cosa vuol dire!»

Cenni storici corrono lungo la fila, questo è un tenore che imita una voce bianca, all'epoca di Haendel erano le voci bianche a cantare queste parti, hai capito ignorante, erano i castrati, li castravano apposta, no?

Una risata irriducibile scuote Berluschi, si propaga a Valdo, a Beba, a Klaus, a Micheletti, a Gabriele, a tutte le spalle che stanno davanti a Gea.

«Un castrato! Ma allora è per quello che ha le corna!»

Qui il filo silenziosamente si spezza.

Qui Gea si alza, qui scivola via.

Non è l'idiozia che l'allontana, perché lei stessa, quante volte!, ha riso a queste battute. Non è l'ignoranza, perché anche lei sa poco o niente di Haendel, delle voci bianche, di Tamerlano. Ma c'è in quel gran ridere una cosa che Gea non condivide più, non ha più, che ha perduto in un punto misterioso di questa giornata, forse rivedendo Ippolita, Guccio, o contemplando la tomba di Enrico di Nassau, o pensando a suo marito, a Fiona, o invidiando la bella mulatta verde, o quando le è sparita la macchina nella radura sotto le mura ciclopiche.

La ritrova ora tra i grilli, che qui fuori cantano più forte di Tamerlano, e ritrova al volante se stessa, eccitata da una fretta, da un'ansia di conclusione, da qualcosa che la spinge o la risucchia verso l'ordine naturale delle cose.

Ci sono in lei riflessi pronti, facili, mentre guida giù per la collina, e c'è un crescente senso di sollievo, come se uno sforzo immenso, un gigantesco e impossibile tentativo stesse per finire, per esserle tolto dalle mani che stringono il volante.

A un sole risalito nel cielo di nichel Gea oppone gli occhiali neri e la tesa del suo cappello di paglia, la borsetta è sul sedile accanto a lei con le sigarette e il rossetto.

In fondo a una brutta curva in discesa una pecora solitaria le taglia trotterellando la strada. Oh yes, oh God, questo è il punto, questa l'inafferrabile "cosa". Ci sono altre macchine che vengono verso di lei, c'è un cartellone pubblicitario con quattro cavalieri controluce, e nella coda dell'occhio c'è un anziano ciclista in tuta, fermo e sbigottito accanto alla sua bicicletta da corsa, c'è un ulivo che le corre incontro di sbieco a folle velocità col suo tronco contorto, nodoso, scolpito.

Tutto si ricompone, tutto si spiega in un fulmineo, spastico replay. Gea frena schiantando il tacco del sandalo, chiude gli occhi ma non ignora più, non censura, e l'ultima cosa di cui ha coscienza è il braccialetto di smalto e argento mai fatto riparare, che si apre e scivola introvabilmente dal polso fra le lamiere della giardinetta azzurra.

Backstage

Al foro romano

Chissà se è poi stata una buona idea, questa di ristampare per la quarta volta, in una veste ancora diversa, un pur degnissimo racconto che scrissi nel 1979, tra giugno e luglio, e che apparve originariamente sul settimanale "L'Espresso" nei numeri estivi 30 e 31 ma con la doppia firma Fruttero&Lucentini. Semplice il motivo: quei due nomi uniti dalla *e* commerciale s'erano ormai bene o male consolidati come una ditta o azienda (in realtà era semmai una società di mutuo soccorso) e sarebbe stato stupido rinunciare a un marchio così bene avviato. A parte il fastidio, se avessi firmato io solo, di periferiche deduzioni e dicerie da dissipare (ma allora hanno litigato? si sono divisi?), la nostra indifferenza per chi di noi due fosse via via l'autore di che cosa era davvero totale.

Lo Scrittore appariva ai nostri occhi come una figura se non proprio ridicola perlomeno anacronistica, all'incirca come l'Esploratore, il Grande Chirurgo, l'Aviatore, l'Inventore. Fu probabilmente un fenomeno ottico, una sorta di miopia; perché vedevamo benissimo quanti scrittori, anche grandi, operassero ancora intorno a noi in tutta pienezza. Eppure ci bastava immaginare un dialoghetto in autobus ("E il suo Bruno che cosa fa?" "Il Romanziere, signora mia.") perché ci venisse da sogghignare. O fu magari perché la nostra infanzia e adolescenza, sfilate sotto il fascismo, erano ingombrate da tanti personaggi maiuscoli, l'Eroe, il Volontario in Africa, il Centurione, il Duce, il Console, il Vate, la cui inverosimiglianza aveva finito per contagiare anche la letteratura. Ti veniva in mente Sem Benelli, per dirne uno, e non volevi aver niente a che fare.

Ma non è il caso di star tanto a teorizzare, che non è del resto il mio mestiere. Ci venivano delle idee, ci presentavano delle proposte, e noi le valutavamo, ne discutevamo, e poi decidevamo se buttarci o no. La richiesta stavolta era per un racconto di genere poliziesco, avendo *La donna della domenica* diffuso tra i periodici italiani di ogni livello e genere la seguente equazione: vacanze = brama di spensieratezza = lettura di evasione = polizieschi brillanti = F&L. Cedemmo un paio di volte a tali offerte con risultati ai nostri occhi non entusiasmanti. Fu difficile negli anni persuadere quei lusingatori che non possedevamo purtroppo né l'onesto talento (Conan

Doyle) né l'onnivoro genio (Simenon) per lo sfruttamento con variazioni di una qualsiasi formula.

Direttore dell'"Espresso" era all'epoca Livio Zanetti, un uomo molto pacato, molto simpatico, con cui nelle mie rare puntate a Roma andavamo, lasciando il suo ufficio, a passeggiare tra le rovine del Foro. Fu lui senza dubbio a chiedermi il racconto estivo tra una colonna riversa e un capitello mozzato; e io gli avrò detto più o meno di sì, che mi sarei messo a pensarci, che ne avrei parlato con Lucentini, ormai però trasferito per l'estate nella sua *cabane* di Moncourt (Seine et Marne), mentre io ero già insediato nella mia casa di Castiglione della Pescaia (Maremma toscana) con tutta la famiglia. Non ricordo altri particolari. Con Franco ci parlammo al telefono, è chiaro. Probabilmente lasciammo subito cadere la possibilità di mettere insieme un intreccio poliziesco contenibile in una ventina di pagine, e fui forse io, o forse invece Lucentini, a propendere infine per la ghost story.

Il castello

Una tradizione di ghost stories nella letteratura italiana non c'è. Con tutti i castelli, i merli, gl'infernotti, i Borgia, i pugnali e le catene a nostra disposizione (e da cui di fatto nasce esoticamente la letteratura cosiddetta gotica nel Settecento), l'idea del fantasma che si aggira lamentoso o minaccioso per umide scale in penombra non ha mai attirato lo scrittore italiano.

Con Franco ce ne accorgemmo quando nel 1959 compilammo un'antologia dedicata appunto alla bella famiglia delle "apparizioni". Ora non ricordo bene ma mi pare che tranne qualche eccezione, peraltro deboluccia, di epoca "scapigliata" non trovammo nulla da includere nella nostra raccolta. C'erano *Le novelle della nonna*, librone popolare dove compariva spessissimo il Maligno fra stalle e cucine, ma si

* *Storie di fantasmi. Antologia di racconti anglosassoni del soprannaturale*, a cura di Carlo Fruttero e Franco Lucentini, Einaudi, Torino 1960.

trattava di folklore contadino poi rielaborato in punta di penna da Italo Calvino nelle sue smaglianti *Fiabe italiane*. Diavoli, spettri, streghe, orchi, scheletri in quantità ma non un solo brivido di vera paura.

No, la paura paura, quel compiaciuto *frisson* letterario, ha stabile e indiscussa residenza nei paesi anglosassoni (c'entrerà magari la lingua o la rivoluzione industriale) e lì devi andarla a cercare. Personalmente mi ci avvicinai durante la guerra (seconda mondiale) passando alcuni anni nel Monferrato ai piedi di un maestoso castello rosso, per via dei mattoni, dove s'erano accumulati nei secoli torrioni e scale a chiocciola, porticine insospettate, anditi tenebrosi e soprattutto una meravigliosa quantità di libri. Ero amico dei tre castellani, tre fratelli, e fin dall'infanzia in quei loro magici meandri avevo giocato tutti i giochi possibili. Ma venuta la guerra ero sfollato in una casetta di mia nonna, che anticamente doveva aver fatto parte con pochi altri simili edifici dei servizi rustici del maniero, all'interno della cerchia difensiva, e se ne stava lì sotto col suo pozzo, la sua piccola aia, le sue galline (più due oche).

Praticamente tutte le sere salivo dai miei amici per una ripida stradina inghiaiata. Duecento passi, non di più, e vedevo accasciato sui gradini di pietra il cane Uzzo, bianco pastore dei Pirenei, che al mio arrivo alzava un orecchio, un sopracciglio, e si lasciava languidamente scavalcare. Una volta all'interno c'erano i consueti passatempi, biliardo, carte, mah-jong, vecchie collezioni di riviste da sfogliare, Radio Londra da ascoltare (ma perché sono sempre lì fermi?), e poi la lettura ad alta voce di un racconto, che il fratello maggiore, Vittorio, traduceva all'impronta dal francese o dall'inglese. Se poi è un racconto di fantasmi e se c'è un caminetto acceso in una sera d'autunno, anche l'ascoltatore più disincantato si dispone volentieri a rabbrividire rosicchiando nocciole tostate. Ma un minimo di pignoleria, o di onestà, m'induce qui a una digressione erudita.

Digressione erudita

L'erudito era però Mario Praz, che molti anni dopo incontrai un paio di volte in occasioni socialmente utili, o inutili, e mai comunque in quella sua leggendaria casa di Roma. Ricordo i suoi lunghi favoriti ma non la sua voce, né le sue *manners*. Eppure a quella indistinta figura io devo il fatto di aver intravisto un'indistinta possibilità, una via che non saprei come chiamare, di salvezza, di praticabile intelligenza.

In quegli anni l'idea che un ragazzino adolescente poteva farsi dell'Italia era quasi entusiasticamente negativa. Ecco, dopo tante parate e trasvolate e corazzate e legioni e gagliardetti al vento, ecco – ti dicevi – dove siamo precipitati. Lo sbalzo – perché così spettacolare, teatrale – ti lasciava esterrefatto. Era uno smascheramento totale, tutta la scena che ti avevano messo davanti finora era finta, di colpo apparivano gli stracci, la segatura, i manici di scopa, le traballanti seggiole impagliate, i polli e i troni di cartapesta. Te ne veniva un disgusto sbalordito, una condanna senza appello. Via! Via appena possibile da questa terra di poveri pecoroni, di ebeti creduloni, di buffoni, cialtroni, grotteschi impettiti guitti. Salvavi la compagnia dei De Filippo, Cesco Baseggio col suo Goldoni, ma il resto era interamente da buttare, non c'era speranza. La Resistenza? Il Luigi col pistolone? Aristide col mitra? Ma figuriamoci. (Bisogna anche precisare che per una questione di settimane io non avevo obblighi militari nei confronti della repubblica fascista di Salò, altrimenti oggi avrei forse una lapide o un cippo da qualche parte a ricordare confusamente sotto i licheni il mio sacrificio per l'onore della Patria.)

Ma l'onore della Patria io lo trovai in un libro, un saggio che nulla aveva a che fare con la politica, la libertà, il comunismo, l'azionismo, ecc. Era stato scritto al principio degli anni Trenta, credo, e a me arrivò dunque con dieci anni di ritardo ed ebbe ben poca influenza sulla mia successiva attività letteraria. S'intitolava *La carne, la morte e il diavolo nella letteratura romantica*, di Mario Praz, e da quelle pagine dottissime e sornionamente argute io trassi l'impressione (irrevocabile, avrebbe detto il Duce) che malgrado tutto, malgrado l'orrore, la miseria, la vergogna, l'abiezione che spazzavano l'Italia, l'Italia poteva tuttavia presentare al mondo uno come Mario

Praz, sommo anglista, saggista squisito, raffinato collezionista di preziosità *empire*. Un eroe, così lo vedevo. Una specie di Garibaldi travestito da dandy, il che ancora una volta dimostra a quali effetti paradossali possa portare un libro nei suoi incalcolabili percorsi.

(Fine della digressione erudita.)

Passi nella notte

Il libro, con quel titolo, era naturalmente traboccante di fantasmi e oltre al patriottismo (ma tu dimmi!) mi lasciò il gusto per quelle storie sempre a un filo dal ridicolo. Personalmente non ho mai visto o sentito fantasmi né ho mai fatto nulla per cercare di evocarli. La grande questione della vita oltre la morte non mi ha mai interessato (finora) anche se so che sta invece a cuore a moltissimi, in un modo o nell'altro. Ma l'evocazione letteraria è un'altra cosa e una ghost story organizzata coi dovuti effetti ti può appassionare, quasi convincere, comunque impressionare.

Non leggevamo Henry James, troppo difficile da volgere in italiano sull'unghia o sull'intera mano, ma c'erano altri, minori, di eccellente livello. Fra tutti ricordo un altro James, Montague Rhodes, professore a Oxford, di cui addirittura mi esercitai a tradurre poche pagine di *La stanza n. 13*, pagine di carta velina che ritrovai più tardi, goffe e inutilizzabili, battute sulla Remington. La mia prima traduzione non scolastica, a pensarci.

Dal castello venivo via molto tardi quando già il cane Uzzo era rientrato, e scendevo tutto solo verso casa, duecento passi, non di più. C'era magari qualche straccio di nube che scorreva pigro sul disco pieno della luna, la valle sotto di me aveva quell'arcana luminescenza lattea, tutte le luci delle sparse cascine erano spente, il silenzio stagnava assoluto.

Ma vorrei sottolineare che intorno a me, in ogni direzione, per migliaia di miglia, stormi di bombardieri sganciavano grappoli di infuocate devastazioni, carri blindati si scontravano e si incenerivano a vicenda, i caccia mitragliavano le strade e i treni (perfino l'innocente Chieri-Torino), posti di blocco presidiati da uomini armatissimi e impazienti apparivano subitaneamente dietro una curva, una motocarrozzetta tedesca si metteva di traverso all'imbocco di un paese e un mitra usato come indice ti ordinava di scendere alla svelta dalla bicicletta. La guerra, insomma, prodiga giorno e notte di pericoli tangibili, di terrori concreti e davvero micidiali.

E al centro (si fa per dire) di quel subbuglio mostruoso io scendevo tutto solo dal castello e provavo un genere assolutamente diverso di paura. C'era dietro di me qualcuno che mi seguiva, un passo dopo l'altro. Ma no, era puerile. Mi fermavo, mi voltavo coraggiosamente e non c'era anima viva. Ecco, vedi. Ma un'anima morta? Impossibile, non qui, non a me. Riprendevo a scendere e quei passi riprendevano a seguirmi, leggerissimi ma inequivocabili. Il brivido risaliva per la mia spina, il gelo si propagava alle gambe, ai denti. Mi fermavo, ma senza voltarmi. Poi ripartivo a sorpresa, in fretta. E quello dietro, implacabile.

Allora mi imponevo una sosta raziocinante, affrontavo la situazione coi piedi per terra e la mente lucida. Va bene, l'atmosfera era sfacciatamente fantasmatica, la luna, la valle, il silenzio, e sopra di me lo spigolo di una torre altissima e inquietante. Quel lieve rumore di passi, però, era autentico, non si trattava di autosuggestione, l'avevo sentito benissimo. D'altra parte dietro di me non camminava nessuno, anche questo l'avevo constatato con i miei occhi. Poteva trattarsi di un essere invisibile, un ectoplasma incombente con pessime intenzioni? A rigore poteva. Ma se era invisibile, incorporeo, che bisogno aveva di camminare? Fluttuare, avrebbe dovuto. Sospeso malignamente alle mie spalle avrebbe dovuto avvolgermi a poco a poco in un suo gelido venticello sepolcrale, in una sua contagiosa aura di morte. Ma io, a parte quei brividi puerili, non è che avessi più freddo di prima, né fiutavo sentori d'oltretomba. Allora?

Immobile sotto la luna consideravo i fatti. La strada scendeva davanti a me, ripida e stretta, velata da quella ghiaia candidamente minuta. La scossi col piede, una volta, due volte. Poi di colpo, tenendo la testa voltata all'indietro, ripresi a scendere. Ma certo! Ero io stesso il fantasma, ero io a sollevare coi miei tacchi piccole cascate di ghiaia che ricadendo alle mie spalle...

Nei miei rapporti col mondo del soprannaturale non sono mai andato più in là di così, anche se quel giovanile episodio mi fa pensare che un incontro con un "vero" ectoplasma mi lascerebbe stecchito.

La sfida

Ma ambientare una storia di fantasmi in un castello significa oggi scontrarsi con un cliché monumentale: il castello stesso. Affreschi che nascondono una porticina segreta, cardini rugginosi che gemono in lontananza, echi inspiegabili negli immensi saloni, il ritratto della vecchia marchesa che rimpicciolisce, tutto questo si aspetta il lettore (e glielo devi dare!) se scegli la cornice, la scenografia del castello.

Si può retrocedere di qualche secolo, infilarsi nel *pastiche* storico, con spade e giustacuori, merletti e parrucche. Ma sapevo che non ne sarei stato capace, mi sarebbe venuta una parodia. E comunque nella direzione scherzosa già c'era *Il fantasma di Canterville* di Oscar Wilde con la sua garbata e micidiale risatina. Restava Torino, che ha fama di città magica se non diabolica; ma per uno spirito terraterra come il mio affrontare una messa nera in una cantina di via Po era davvero impegnativo. Come avrei chiamato la vergine nuda (eh, sì, nuda) stesa sull'altare sacrilego? Tota Tonengo, dell'ufficio acquisti? Non mi suonava proprio, l'esoterico, appena lo toccavo, mi si scioglieva in comico. E non conoscevo nemmeno il mago Rol.

No, per me la sfida (se vogliamo chiamarla così) stava nel tenermi lontano dal tenebroso, dal raccapricciante, insomma dal gotico o neogotico, e tentare un ribaltamento completo: una storia di fantasmi in pieno sole, con cortei di macchine in smanioso movimento tra colli e vallate, la superficiale rapacità del turismo estivo, la chiacchiera di una comitiva più o meno ricca, più o meno snob, che si va sbatacchiando confusamente per i luoghi più belli della Maremma toscana.

Ma che ne sapevo io della Maremma toscana? Perché mi trovavo lì, tra Punta Ala e Castiglione della Pescaia, mentre Lucentini era lassù tra Fontainebleau e Nemours? Chi ha famiglia non farà fatica a capirmi. Padre con moglie e due figlie a carico, io non avevo quelle doti di animoso leader che distinguono molti papà moderni. Il villaggio keniota con danze tribali il sabato sera mi diceva poco, il veliero in affitto navigante tra isole greche o jugoslave mi faceva pensare alla Xamamina, il camper spinto fino ai confini estremi del Portogallo o della Norvegia proprio non riuscivo a sognarlo. E dover decidere anche solo tra Celle Ligure, Varigotti, Sestri Levante e Forte dei Marmi mi metteva in ansia già da febbraio. La montagna era esclusa a priori dalle mie conciliant compagne di vita (è pericolosa, fa freddo, piove sempre, non pensarci nemmeno!).

Nelle mie stesse condizioni si barcamenava un altro padre, Gianni Merlini, direttore generale o amministratore delegato della casa editrice Utet, la più antica d'Italia. Passammo insieme le vacanze due o tre volte con le nostre famigliole dalle parti di Forte dei Marmi, ai Ronchi: tristi villette, pensioncine con le penne al pomodoro sempre scotte, rugiada in giardino già alle sette di sera. Alla fine un amico di Gianni gli segnalò una pineta sul mare, molto più a sud, vicino a casa sua. Era una lottizzazione sotto gli alberi (oggi si farebbero cortei per vietarla) che pareva interessare soltanto a stranieri, tedeschi, svizzeri, inglesi, e quei bei lotti ombrosi costavano ancora poco. Andammo con Merlini a dare un'occhiata, arrivando una notte dal suo amico che abitava venti chilometri nell'interno e che si era offerto di ospitarci nella sua grande casa di campagna. Quell'amico era Pietro Citati.

Inestimabile valore

Tanto vale togliersi subito il pensiero: Citati è ammirato da molti ma da molti detestato. Arrogante, sprezzante, tagliente, è sempre lui l'unico ad aver capito tutto. Gli autori di cui non si occupa non esistono. Quelli che esistono si chiamano Goethe, Omero, Kafka, Proust, Tolstoj e pochi altri dello stesso club inavvicinabile. Gli esclusi lo vorrebbero morto, uno così. Come si permette? chi si crede di essere?

Li capisco benissimo, sia chiaro. Di Citati mi considero oggi un caro amico ma anche con me, dopo tanti anni, se gli viene in mano il coltello a serramanico non esita a far scattare la lama. Mai alle spalle, però, sempre faccia a faccia, che è forse anche più insultante. Il critico, il letterato, può dunque apparire e magari saltuariamente essere odioso; ma l'uomo non è cattivo, tutt'altro.

Io lo conobbi nel 1958 o '59 negli uffici della casa editrice Einaudi, dov'era passato a salutare i suoi compagni di scuola (Normale di Pisa)

Ponchiroli e Bollati. Passò anche a salutare Calvino, che ammirava e di cui era amico, ma Italo aveva appena lasciato il suo tavolo e Citati restò lì davanti al mio qualche minuto a parlare di fantascienza, le antologie da me curate essendogli molto piaciute. Gentile, sembrava.

La sua casa in Maremma era una vera e propria tenuta, con un prato amplissimo, immensi alberi ombrosi, viali infilati sotto fitti rami e cespugli, una cappelletta tra gli ulivi, filari di alberi da frutta. L'edificio, benché costruito negli anni Trenta, restava felicemente fedele a canoni di sobria rusticità toscana. Niente civetterie anticheggianti, solida, comoda naturalezza in quei terrazzi, loggette, salette e saloni e alti finestroni. La Castellaccia, si chiamava la frazione, dotata di una botteguccia di alimentari e attorno un minuscolo borgo.

Citati s'era scelto come studio una cameretta a pianterreno e lì s'installava a scrivere accanitamente dal primo mattino. Poi, quasi ogni giorno, prendeva la macchina e faceva quei venti chilometri fino alla spiaggia della mia pineta. Si cambiava, si sedeva sotto il mio capanno di cannucce e si metteva a leggere il giornale.

Per me andava benissimo così, perché con un apodittico cronico la conversazione è sempre piuttosto asimmetrica. Se accenni a un libro che hai cominciato a leggere ieri sera, o a un film che hai appena visto in tv, l'apodittico nove volte su dieci già lo conosce da anni, l'ha già soppesato, valutato, sistemato nel suo archivio mentale e te lo liquida in quattro parole. Se invece capita che non ne sappia niente lo liquida in parole due, come irrilevante. Finché non c'è arrivato lui, alla caduta di Costantinopoli, non è il caso di parlarne.

Una bella sicurezza, da me molto invidiata. Non voglio dire che la mia indole tenda particolarmente all'amletismo, ma di dubbi ne ho sempre, come tutti, tantissimi, sui cardi delle perplessità mi ci spello i piedi quasi ogni giorno, quasi ogni decisione infine presa mi sembra, a rifletterci, sbagliata. Non così Citati, sereno, sorridente, ben piantato nella sua infallibilità: quella Citroën, di quel colore, di quella cilindrata, è l'unica giusta; quella pasticceria di Gavorrano è l'unica che sa fare i salatini; quel certo albergo in Cadore è l'unico dove si sta veramente bene. Se solo accenni a un buon albergo in Val d'Aosta dove anche tu una volta... Citati taglia corto con una smorfia. Quale Val d'Aosta? La Val d'Aosta non esiste, è cancellata dalla carta geografica. Ipse dixit. Si può sospettare che sia tutta una difesa per tenere lontano Amleto e i suoi tormenti, ma non credo. Citati è convintissimo di quello che dice, sceglie, fa, la sua stessa voce s'impone con tonalità sbrigative, definitive nel fatale labirinto dei sentieri che si biforcano.

È possibile diventare e restare amici di un personaggio così rostrato? Sì, per una ragione ai miei occhi decisiva: Citati è uno dei rarissimi uomini che sanno parlare ai bambini. Un dono divino, se vogliamo, come san Francesco che sapeva parlare agli animali. Abbiamo ormai la certezza scientifica, o metafisica, che i bambini vengono strappati urlanti da un misterioso mondo extraterrestre e che poi qui da noi si adattano piano piano al nostro. Per alcuni anni, però, conservano del loro luogo d'origine un sistema logico di strabiliante mutevolezza, dove tutto, assolutamente tutto, si può innestare su tutto, tramutarsi nel suo opposto, trapassare inconcepibili dimensioni, far esplodere o miniaturizzare ogni ordine di grandezza, di probabilità, ogni convergenza euclidea o divergenza non euclidea.

Come parlano questi piccoli alieni? Be', più o meno come noi, apparentemente. Ma ricordano d'istinto la lingua delle mummie, per esempio. Sepolti (meno il volto) in tre tumuli sabbiosi, l'egittologo Citati si china su di loro e gli rivolge cavernose parole. Le mummie rispondono, altrettanto cavernose. Dopo una lunga criptica conversazione l'egittologo si trasforma in promotore di Formula 1, afferra per i piedi una ex mummia e le fa tracciare col fondoschiena un circuito da brividi, tutto curve e controcurve, un solo rettilineo, e piazza in fila di partenza le grosse biglie iridescenti da lui stesso messe a punto in una sua officina. Ed eccolo giudice di gara, a dirimere delicatissime questioni di fair play, a chiudere un occhio con chi bara (tutti), a rimettere in pista chi ne sembrava uscito definitivamente per la terza volta, a decidere chi abbia in realtà vinto (tutti).

«Ma questa è di inestimabile valore?» gli chiede un bambino mostrandogli una conchiglietta poco più rosa del suo palmo aperto. Senza dubbio, risponde ammirato il massimo diamantologo di Anversa dopo averla scrutata a lungo col suo occhialino fatto con due dita. È proprio di inestimabile valore.

Il cliché, che ha una sua nobile carriera fiabesca, deve essere rispettato. E rispettate (con delizia) saranno tutte le deformazioni di parole praticate dai bambini, soltanto un orecchio ottuso correggerà il rogiologio in orologio, il lusignono in usignolo.

Un'estate, nel sottotetto di casa sua, Citati trovò la muta di un lungo serpente, un frustone, involucro trasparente, leggerissimo, crepitante. Ma allora il rettile abitava lassù, nascosto in un suo buco, e forse chiamandolo... I bambini salirono col cuore in gola, lo stregone Citati aprì una porticina cigolante. «Su, provate a chiamarlo!» Il meno timoroso infilò mezza testa in quella penombra infida e balbettò a mezza voce «Frustone». Grida più forte, lo incoraggiava Citati. E l'altro: «Frustone! Frustone!», pronto a precipitarsi lontano da quella soffitta amazzonica. Ma per pigrizia o timidezza il rettile non si mostrò.

Posso ben dire che quelle feste di bambini (e di grandi) alla Castellaccia erano d'inestimabile valore. C'erano zuppe e torte con e senza panna, intingoli e prelibatezze maremmane, fritti e creme e involtini e salsine sparsi su lunghi tavoli ai bordi del prato: il classico "ognibendidio" sempre presente in Pinocchio e in tante dimore fantastiche.

Affezionatissimo, come tutti noi, alla sua bella casa, Citati ci viveva il più a lungo possibile, veniva già a fine maggio e richiudeva tutte quelle infinite finestre solo a fine ottobre, se non in novembre. Spesso riapriva per Pasqua, quasi sempre per le vacanze di Natale, allestendo con suo figlio Stefano e mia figlia Federica (stessa età) un presepe degno di una prima alla Scala, qui il secondo laghetto, lì la nona pecora, l'arrotino laggiù, la Stella un po' più in basso, e così via fino alla perfezione. La notte di Capodanno giocavamo a tombola, evento chiassosissimo, eccitato, sgocciolante di sciroppi e bave al cioccolato, scandito dal biscazziere venuto appositamente da Las Vegas per gestire il gioco. E qui dico che chi non abbia partecipato a una tombola presieduta a capotavola da Citati nell'urlìo continuo dei piccoli alieni non può sapere che cosa sia *la douceur de vivre.*

Celtic Glasgow

Messo così, Citati sembrerebbe tutto meno che un illustre e potente personaggio dell'establishment culturale italiano. Qualcuno di quel mondo veniva talvolta a trovarlo alla Castellaccia e lui lo portava poi alla mia spiaggia a fare il bagno. Ma non l'ho mai visto all'opera con banchieri o ministri o luminari di questo o quel ramo. So che s'era preso di grande affetto per Federico Fellini, che girava degli spot pubblicitari per sopravvivere e lo invitava ad assistere alle riprese.

Vinse anche il premio Strega, e una volta non so più quale presidente della Repubblica lo invitò a cena al Quirinale, una cena di alte personalità accademiche, delle arti, e d'altro ancora, immagino. *Black tie*. Citati spiegò allora al segretario che non possedeva uno smoking. Poco male, avrebbe provveduto il Quirinale. Citati rifiutò. Anche solo la giacchetta nera? Anche. Ma non aveva almeno un abito non proprio a quadretti, un po' sullo scuro, diciamo fumo di Londra? A palazzo gli avrebbero fornito un farfallino nero con l'elastico, che su una bella camicia bianca... Citati disse di no, grazie e non salì al Colle.

Sdegnoso dunque di riconoscimenti e onori, superiore alle pompe del mondo? Chissà (c'era pur sempre quella piccola macchia nera del premio Strega...). Circa il suo guardaroba, sua moglie Elena faceva del proprio meglio per renderlo se non presentabile almeno inoffensivo. Completi neutri, cravatte spente, che Citati si portava addosso senza la minima solidarietà. Né mai provò la minima solidarietà verso marxismo, materialismo dialettico, palingenesi rivoluzionarie e simili tragiche velleità (e per questo forse sta così antipatico a molti). Ma fra le tante icone sbandierate in quei cortei il suo rimpianto va al presidente Mao, non tanto per il *Libretto rosso* quanto perché il Grande Timoniere seppe imporre a miliardi di persone un abito unico, con gli stessi bottoni, risvolti, tasche, della stessa stoffa, dello stesso colore. E non appena si logorava, un altro uguale identico. Questo avrebbe desiderato quanto a sé Citati.

Se faceva di testa sua, o piuttosto se si lasciava plagiare da amici sconsiderati, poteva succedere che si presentasse alla spiaggia combinato nei modi più inverosimili. Lucidi calzonetti color prugna, polo rosso fuoco, una volta arrivò con una maglietta a larghe strisce orizzontali verdi e beige. Terribile. Ma sei impazzito! protestavo io. Su queste cosette esteriori si lasciava dire, sorrideva indulgente, filosofico. Be', che c'è di male, l'ho trovata su una bancarella a Arcidosso. Ma non si può, sembri un centrocampista del Celtic Glasgow! Citati si rimirava la maglia senza vergogna. Mi hanno detto che è filo di Scozia, bello fresco, si difendeva bonario.

Faceva lunghissime nuotate al largo riducendosi a un puntino invisibile tra Montecristo e il Giglio. Ma quanto a visibilità in terraferma ne aveva da vendere, come constatai quando mi propose di andare un paio di giorni a Spoleto a vedere un po' di quel festival.

Questi grandi eventi culturali io li ho si può dire mancati tutti. Mai una "prima" fastosissima, attesa da anni, mai un vernissage, un'inaugurazione, una celebrazione squillante. Non m'invitavano, per lo più; oppure ero in un altro posto; o mi spaventava la ressa; e nemmeno io avevo uno smoking, del resto. Ma il festival di Spoleto durava già da un bel pezzo, i primi appassionati, gli "scopritori", già avevano smesso di andarci e quindi il fervore iniziatico delle prime due o tre stagioni non era più da temere. D'altra parte il pubblico doveva essere aumentato vertiginosamente, poiché ogni occasione che contenga il virus dello snobismo si propaga peggio dell'influenza aviaria.

E se non troviamo da dormire? dicevo io. Da autentico leader, Citati nemmeno mi stava a sentire. A Spoleto non c'era naturalmente una camera o sub-camera libera. Pazienza, dicevo io, abbiamo fatto comunque una bella gita. Lui sparì, taciturno e grintoso, e quando tornò al caffè dove ci aveva lasciati tutti, annunciò che avremmo dormito in un bellissimo albergo in cima a una montagna lì vicino, pochi chilometri di salita, gli stessi in discesa, gli stessi ancora per andarcene a dormire dopo lo spettacolo.

Quale spettacolo? *Così fan tutte,* nel famoso teatrino del festival. E anzi, alzatevi e andiamo. Ma i biglietti? Il leader alzò le spalle senza rispondere e si mise alla testa del titubante gruppetto, a grandi passi. Nell'ingresso del teatro si affacciò allo sportello della biglietteria. «Sono Pietro Citati» annunciò duro alla ragazza. Io credetti di leggere nel di lei pensiero un chiarissimo "E chi se ne frega", e intravidi, così mi parve, la sua lingua prepararsi al pernacchio.

Invece, in due minuti, ci furono i biglietti, ci fu un intero palco tutto per noi, e quando si vide che le sedie non bastavano ci furono (altri tre minuti) anche le sedie. Da quel momento Citati ci guidò per tutte le scale, i giardini, i terrazzi, i saloni, i bianchi divani, le accecanti vetrate, le fresche ombre che provvedevano a fare di Spoleto un memorabile evento mondano. Entrammo in non so quante case (compresa quella di Menotti, beninteso), attraversammo con impeto non so quanti ingorghi di invitati, curiosi, musicisti, cantanti, addetti ai lavori, camerieri contorsionisti, personaggi dal portamento che diceva palesemente: lei non sa chi sono io (e infatti non lo sapevo).

Un trionfo, che ricordo con nostalgia e gratitudine, perché qualcosa senza dubbio mi insegnò per la mia ghost story. Il giorno della partenza andammo a sederci nel grande caffè sulla piazza che digrada appena verso il Duomo. File e file di sedie erano allineate per il concerto serale, mia figlia Maria Carla era andata con la mamma a cercarsi una di quelle candide camicie da notte in stile nonna allora di moda, io bevevo un bicchiere di bianco e guardavo quella piazza dolcemente inclinata, quel capolavoro di chiesa, quella premonizione di violini, flauti, trombe, clarini, sospesa lì davanti come una nube latente di pagliuzze dorate.

«È bello» dissi a Citati, «avevi ragione.»

«Ma io ho sempre ragione» disse Pietro sorridendo, più rassegnato che fiero.

Poco resta da dire

Ci vuole comunque sempre uno scrittore per "vedere" e poi rappresentare e imporre un qualsiasi pezzetto di mondo, di vita. Senza Omero nessuno oggi parlerebbe della guerra di Troia, senza Manzoni la peste di Milano non se la ricorderebbe nessuno, nessuno avrebbe alcuna nozione della piccola nobiltà inglese di campagna senza Jane Austen.

Fu dunque Alberto Arbasino il primo a posare l'occhio su un'Italia tutta lino *irish* e seta *sauvage*, motori e scroscianti braccialetti, perfidie a mezza bocca, supreme vette operistiche o del varietà. Già dal suo primo libro di racconti *Le piccole vacanze* si deduceva l'esistenza di questa bella gente scomparsa dai tempi del D'Annunzio fine secolo. Personaggi che si alzavano dal tavolo di cucina lasciando il nonno a masticare rigatoni, si toglievano la canottiera, s'infilavano camicie di Jermyn Street e guardavano dal balconcino a più elaborati e frivoli orizzonti.

Una rivoluzione, per i tempi un po' gretti del cosiddetto neorealismo. Per carità, anch'io comprai a suo tempo, e a rate, una Seicento di un cilestrino da damigella d'onore, non essendoci altro colore disponibile in quel periodo. Ma mi rendevo conto che un coupé Jaguar grigio mi avrebbe gratificato di più. Arbasino abbandonò presto la narrativa, si spostò verso le cronache di Saint-Simon o dei fratelli Goncourt, e in questa sua nuova veste scrisse *Fratelli d'Italia*, cui la mia ghost story deve ovviamente non poco. Il movimento, soprattutto; la corsa sbadata e accanita di una labile comunità elitaria che (come però succede un po' a tutti noi, elitari o meno) deve intasare la sua giornata col massimo attivismo per darsi l'impressione di non aver sprecato le vacanze.

Era un *road movie* bell'e pronto e infatti dopo qualche tempo Suso Cecchi D'Amico, Mario Monicelli e altri di quel gruppo di Maestri mi chiesero di poterci lavorare. Silvana Mangano, loro grande amica, s'era ammalata di cancro, era pallida, assottigliata, scavata e sarebbe stata una Gea perfetta, ricuperando con quell'impegno buonumore e forse salute. Credo che ne sia poi uscita una sceneggiatura, ma troppo tardi, la bella attrice morì, non se ne fece più niente.

Oggi mi chiedo che cosa il cinema saprebbe tirar fuori da una storia così. I luoghi non sono mutati, di festival e sagre, rovine da visitare e chiese da incorniciare non c'è mai stata tanta abbondanza in Italia. Ma i dialoghi di questi fatui vagabondi presenterebbero difficoltà insormontabili, mi pare. E come potrebbero gli attori evitare, a ogni battuta, a ogni gesto, la scivolata nel macchiettismo? Di ricchi borghesi plausibili e disinvolti io ne ho sempre visti pochi nel cinema italiano, l'ombra di quel nonno alle prese con quei rigatoni è ancora presente, direi. Ma ammetto che nella mia storia tutti i personaggi sono, se non macchiette, figurine ritagliate, bidimensionali, incollate per sempre a se stesse. O così le vede ormai Gea, nella sua giornata di bilancio conclusivo.

Quanto a lei, quando è viva, è come tutti attaccatissima al proprio io ("io sciagurata..."), da cui comincerà a distaccarsi dopo la "sciagura" passando progressivamente e insensibilmente alla seconda e infine alla terza persona. Orgogliosissimo di questo allusivo procedimento ne parlai al telefono con Franco, che lo sconsigliò, ossessionato com'era dai pericoli della macchinosità e della inintelligibilità. Ma a me piaceva troppo e non gli diedi retta.

Ci furono tra noi altri dissidi, sempre telefonici, sulle diverse *mises* di Gea, che all'inizio ha un abito a strisce, poi bianco, poi mauve, poi viola e infine nero. Secondo lui quanto più una storia prepara uno scioglimento "soprannaturale" tanto più scrupolosamente realistici e logici devono essere i dettagli sui quali poggia. E non nego che questi "cambi d'abito" fossero materialmente impossibili, inspiegabili e quindi sconcertanti per il lettore. Un "effetto" illecito, una pecca, cui però non seppi rinunciare.

Ma accettai con infinita riconoscenza l'idea di: "Censuro" (nella presente edizione a p. 11). Quel sottile indizio dell'a capo che mette in evidenza il verbo fu una sua invenzione, e suo fu anche ciò che in un racconto è di importanza suprema, il punto di vista del narratore. L'idea di una grande corsa di ruote e parole tra i colli toscani gli pareva buona e buona anche la fantomatica "persona in più" tra i gitanti. Ma quale di essi se ne sarebbe accorto, chi l'avrebbe contata, vista, intravista? Dopo aver riattaccato per pensarci su Lucentini trovò la soluzione: il narratore doveva essere lo stesso spettro, in ambigua fluida sopravvivenza dopo un incidente mortale. E l'idea stessa non è mia ma desunta da T.S. Eliot che nella nota ai versi 360 e seguenti della sua *Terra desolata* accenna a una spedizione polare (ma non ricorda quale) i cui componenti, contandosi durante le loro estenuanti e allucinanti marce, avevano sempre l'impressione che ci fosse tra loro "una persona in più".

Forse dalla stessa spedizione è ispirato *The Seventh Man* (1900), una ghost story di Sir Arthur Quiller-Couch, dove sei marinai scampati al naufragio di una baleniera nel circolo polare artico hanno l'inquietante sensazione che un settimo uomo si aggiri attorno alla loro capanna tra i ghiacci. Tuttavia Sir Arthur inserisce nel suo racconto una lunga citazione tratta da *The Turkish Spy*, sedicente raccolta dei dispacci segreti inviati a Costantinopoli da un agente turco alla corte di Francia, tradotti dall'arabo in italiano e volti poi in inglese nel 1741. Nel passo riportato la spia riferisce di un balletto allegorico organizzato dal Cardinale Mazzarino per il suo giovane sovrano, nel corso del quale dodici danzatori mascherati da diavoli furono non poco disturbati e turbati dalla inopinata presenza in mezzo a loro di un misterioso intruso, che vestiva lo stesso identico costume e che al termine dello spettacolo scomparve senza lasciare traccia.

Poco resta da dire. Le scuse per la banalità del cognome Berluschi, che suona adesso anche a me molto tirato via. Lo scelsi più o meno a caso, senza il minimo intento sarcastico, tantomeno profetico. All'epoca Berlusconi era per me come per molti niente di più che un imprenditore di area lombarda, ricorrente, ma non troppo, nei titoli dei giornali. Lo adattai al mio racconto senza starci tanto a pensare e non certo immaginando il futuro politico dell'uomo. Negli stessi anni girava del resto anche il nome di un comico, Beruschi, di cui non so più nulla ma che presumo sempre attivo. Fu una contaminazione che al momento mi parve accettabile, ancorché (ripeto) banale. Ma avevo poco tempo per cercare di meglio.

C'è poi il flautista Gazzelloni. Il Maestro – mi riferirono amici comuni – vide con dispiacere una intenzione ironica negli sparsi riferimenti alla sua attività estiva di concertista. Ma Gea, che è e si sente ignorante (confonde Haendel con Haydn!), non può non avere quella tranciante insofferenza per le cose e i personaggi della cultura che è tipica del suo ambiente. In realtà il "tema di Gazzelloni", che scompare e riemerge improvviso lungo tutto il racconto, ha una funzione squisitamente "musicale", mozartianamente "magica", ancor più, e *pour cause,* del "tema del vecchio ciclista", del "tema etrusco", del "tema dei quattro cavalieri" eccetera.

Ci sarebbe ancora un errore, un duplice errore, da segnalare, onestamente. "Haendel expects..." è citazione del messaggio che l'ammiraglio Nelson inviò alla flotta inglese poco prima della battaglia di Trafalgar. Il testo esatto è però "England expects every man to do his duty", più conciso per il su e giù delle bandierine segnaletiche. Scopersi anni dopo il mio errore testuale ma non mi diedi la pena di correggerlo. L'errore è anche d'intromissione, essendo del tutto inverosimile che Gea possa essere al corrente della famosa raccomandazione. È chiaro che l'autore qui si è preso una libertà discutibile, per la quale si augura di venir perdonato.

Il racconto fu in seguito stampato dall'amico Mario Spagnol in preziosa veste in una sua collana, "I Tascabili del Bibliofilo", di cui si vendettero poche centinaia di copie e che sarà oggi una rarità, suppongo. Più tardi ancora fu ripubblicato da Mondadori in un volume antologico che conteneva un racconto scritto dal solo Lucentini, la mia ghost e un racconto a quattro mani di F&L. Il titolo era *Il colore del destino* e nemmeno quello conquistò le moltitudini.

Nothing is left to say, direbbe a questo punto un cupo vegliardo beckettiano. Lo dico anch'io, ma solo nel senso che mi sembra di aver raccontato tutto quello che poteva servire al lettore e blandamente incuriosirlo.

C.F.

Indice

«Ti trovo un po' pallida»
di Carlo Fruttero
Collezione Scrittori italiani e stranieri

Arnoldo Mondadori Editore S.p.A.

Questo volume è stato impresso
nel mese di maggio dell'anno 2007
presso Mondadori Printing S.p.A.
Stabilimento Nuova Stampa Mondadori - Cles (TN)

Stampato in Italia - Printed in Italy